KB109806

나도,
할 수 있구나

나도, 할 수 있구나

발행일	2023년 5월 16일

지은이	김경하		
펴낸이	손형국		
펴낸곳	(주)북랩		
편집인	선일영	편집	정두철, 배진용, 윤용민, 김부경, 김다빈
디자인	이현수, 김민하, 김영주, 안유경	제작	박기성, 황동현, 구성우, 배상진
마케팅	김회란, 박진관		
출판등록	2004. 12. 1(제2012-000051호)		
주소	서울특별시 금천구 가산디지털 1로 168, 우림라이온스밸리 B동 B113~114호, C동 B101호		
홈페이지	www.book.co.kr		
전화번호	(02)2026-5777	팩스	(02)3159-9637

ISBN	979-11-6836-895-8 03810 (종이책)	979-11-6836-896-5 05810 (전자책)

(주)북랩 성공출판의 파트너

북랩 홈페이지와 패밀리 사이트에서 다양한 출판 솔루션을 만나 보세요!

홈페이지 book.co.kr • **블로그** blog.naver.com/essaybook • **출판문의** book@book.co.kr

---

작가 연락처 문의 ▸ ask.book.co.kr

작가 연락처는 개인정보이므로 북랩에서 알려드릴 수 없습니다.

김경하 그림 시집

나도,
할 수 있구나

북랩

서문

/

무라카미 하루키는
희망도 절망도 없이
매일 조금씩 썼다고 한다.

나는 그의 말을
나에게 적용하여 실험해 보았다

매일 조금씩
나의 일상의 모습과 관련 사물들을
쓰고 그려보았다

결과는

나는 치유되고 정돈되었으며
또한 배우고 성장하였다

그의 말은 적어도 나에게는 옳았다
그리고 용기를 내어 책을 만들어 본다.

영혼 없이 읽으면서
어떤 부분에서는 공감하고
가끔은 웃을 수 있는 책이었으면 좋겠다.

나 이외의
어느 한 사람이라도
책을 사서 읽고 "좋다"라고 생각해 준다면
"고맙습니다"라고 전하고 싶다

목차

내 별

나는 지금은
고양이 한 마리와
살고 있어

나의 성격과
생활 습관이 특이하다고
누구는 말하기도 해

때론 나도
그런가 싶기도 하지만

그래도 존재할 수 있는 건
지금의 나뿐인걸

내 별은 소중해
그리고 항상 진화해

낮잠에서 깨어나면

멍해
부스팅 하는데
시간이 필요해

아침 식사

따뜻한 우유 1잔
밥 조금
김치 조금
사과 1개
삶은 달걀 1개
삶은 토마토 1개
대추차 1잔

건강하고 예뻐지기 위한 비법
아침 식사 꼬박꼬박하기

<breakfast>

Kmchi

milk

rice

Apple

egg

Jujube

Steamed
tomato

하루에 한 시간은

나의 건강을 위해 걷기
비가 올 때도 눈이 올 때도
꽃이 피고 맑은 날에도
웬만하면 걷는다

1일 1팩

예뻐지자
하루에 한 번 팩을 하고
요술처럼 예뻐지자

젊어지자
하루에 한 번 팩을 하고
마법처럼 젊어지자

나이 들수록

주변 사람들이 존경스러워
때론 개도 고양이도 참새도
심지어는 풀과 꽃과 돌멩이까지

내가 잘난 척할 수 없어

성실함

로또에 당첨되었다는 것은
꾸준하게 샀다는 거야

빗질

1 2 3 4 5 6 7 8 9 10
11 12 13 14 15 16 17 18 19 20
21 22 23 24 25 26 27 28 29 30
31 32 33 34 35 36 37 38 39 40
41 42 43 44 45 46 47 48 49 50
51 52 53 54 55 56 57 58 59 60
62 63 64 65 66 67 68 69 70 71
72 73 74 76 77 78 79 80 81 82
83 84 85 86 87 88 90 91 92 93
94 95 96 97 98 99 100 ···

하루에 적어도 100번씩은
머리를 빗자

나는 멋쟁이

누가 뭐래도
옷은 깔맞춤

아들의 전화

단기직 면접을 본 날
아들이 전화했다

어제 닭도리탕을
잘못 먹은 것 같아
고생했어요

그랬구나

너에게 말하진 못했지만

언제 어디선가
너의 잠재력을 알아봐 주고
너를 필요로 하는 데가
곧 있을 거야

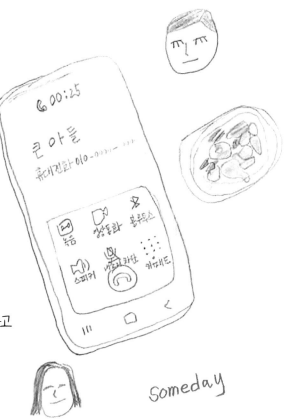

Someday

다 잘될 거야

큰아들
작은아들

너의 방법대로 하면
다 잘될 거야

이유는 모르지만
그런 확신이 들어

다 잘될 거야

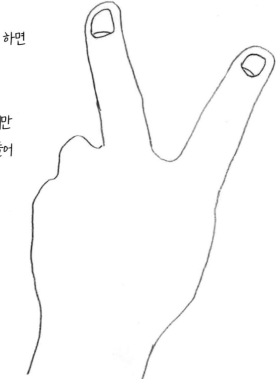

만나고 싶다

케이트 윈즐릿
멋진 여자 배우

레오나르도 디카프리오
잘생긴 남자 배우

감기엔

목 싸고
양말 신고

긴팔 껴입기
긴바지 껴입기

광동 쌍화탕 원샷

물 마시면서
이불속에서
푹 자기

술은

사는 게 쓸 때는
술이 달고

사는 게 달 때는
술은 쓰다

머리핀

내 눈에는
예쁨

남들은
불편함

아이고

남편만
코를 골면서
자는 줄
알았네

살아 있으면

슬픈 일이 밀려오다가
또 밀려 나가네

하루 세끼

냠냠쩝쩝
후적후적
야금야금
깨작깨작
꾸역꾸역

꼭 먹는 것

아침에

물 한 잔

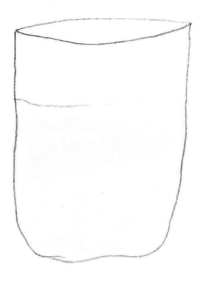

미셸 봉사완

예쁜 하은이
건강하여라
밥도 잘 먹고

하나님

제 기도를
듣고 계신걸
믿습니다

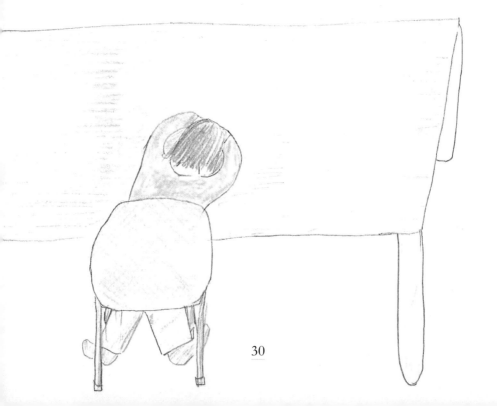

30

합격

큰아들이
6개월 대학 보조
인턴직에
합격했다

기쁜 소식
너는 좋은 사람이라
다 잘될 거야

축복과 좋은 기운이
너와 함께
할 거야

세끼 잘 먹고

입고 싶은 옷

샤넬
구찌
프라다
버버리 등

비싼
예쁜
새 옷

지금은

그랬구나
이 한마디
듣고 싶은 때

어릴 땐

그게 싫었어
눈을 감았는데
눈뜨면
아침이 되어있어서

밤에

물수건을
눈에 얹고
휴대폰은
멀리 두자

휴대폰

입

꿰매든지
해야지

달은

나만
따라다녔지
내가
어려서부터

여동생

갱미

왼팔

주사 맞고
피 빼고
매번
너가 했더라

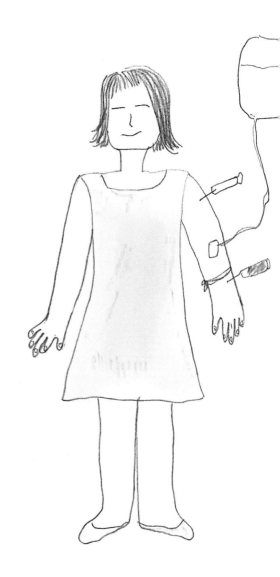

씨앗은

뿌리
내린 후

싹을
틔우지

햇빛 좋은 날은

썬 샤워

굵은 소금

하루 한 번
가글 가글

다크 써클

초긍정으로
생각하자

얼굴에
임팩트 있음

팥빙수

마구마구
섞는 날엔

이혼이여

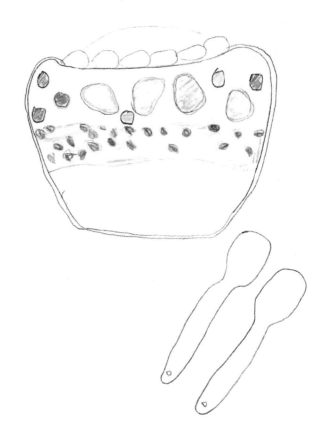

이해 불가

탕수육
소스를
끼얹는
사람덜

다래끼

그래
젊다고
위로해 보자

그때는

해바라기
그네 타며
무얼
생각했을까?

비키니

늦었지만
입어보니
새로운
세상

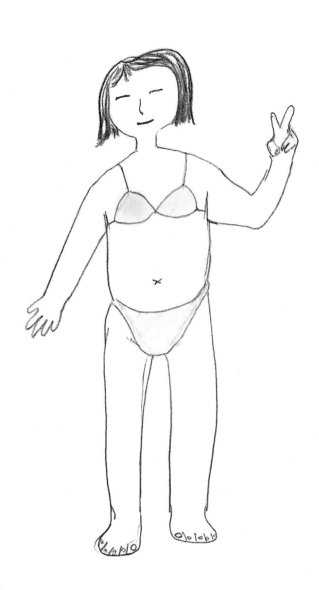

절약

돈 모아
비즈니스 클래스
타는 것

중독

다른 이름
자기 학대

사진

오늘 내가
못생겼어도
찍어두자

시간 가면
사진 속 나는
예뻐진다

변비엔

겨울철
별미 톳나물

뜨거운 물
초록초록 데쳐
된장
고추장
식초
설탕
통깨
무쳐
밥하고 냠냠

할 게 많아

하루에
백 번 이상
뒷꿈치를
들었다 놓았다 하면
온몸에 좋다고 하니
일삼아 해본다

터브

따뜻한 욕조에 누워 알로에 크림을 바르고
저 먼 나라에서 온 오렌지주스 마시며
천재 모차르트의 협주곡을 듣는다

호사로다 호사로다

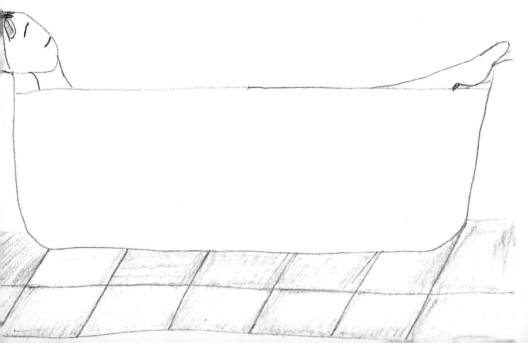

스타벅스 바나나

내가
스타벅스에
가는 이유

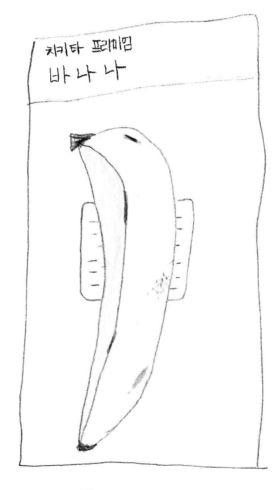

뿌듯해

내일
입을
예쁜
새 옷 있을 때

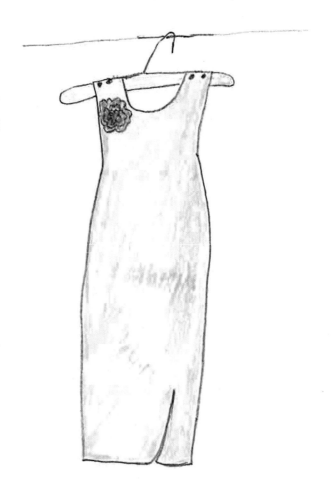

이생 일생, 이생 이생

나처럼
이번 생이
처음 생인
사람은
배우는 것도
깨닫는 것도 느려
철이 늦게 드나 봐

그처럼
이번 생이
둘째 생인
사람들은
어려서 철들고
영리하게
세상을 사는 거야
이유는 처음 생이 아니란 걸 거야

심장이 울어

반찬 투정한다고
굶겨서 학교 보낸 일

공부 안 하고 못 한다고
미워하고 화낸 일

비싼 화장품 쏟았다고
소리 지르며 야단친 일

오락실 갔다가 늦게 왔다고
종아리를 때린 일

스키장 처음 데리고 가서
스키보드 레슨으로 바꾼 일

엄마 지갑에서 만원 꺼내
군것질했다고 뺨 때린 일

여행지 다니면서
궁상떨며 밥해 먹인 일

비싼 옷 좋은 신발 안 사주고
싸고 큰옷 안 비싼 신발 사준 일

한창 크면서 배고플 때
간식 안 두고 직장 다닌 일

너희 두 아들에게
이런 일 한 것이
떠오를 때는

나의 심장이
피를 흘리며 우는 날이야
미안하다 미안하다

영양제 먹는 법

약 포장에
네임펜으로
날짜 써놓기

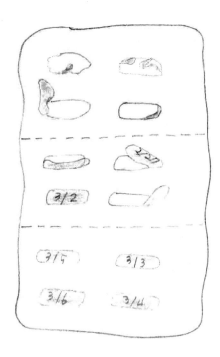

일상

잘 살고 있다는 것
쓰레가가 쌓이는 것

바람직하게 사는 것
그걸 비우는 것

끝까지 숨지

미운 건
잘 챙겨 두었는데
뜯고 찾아도 안 보이는 물건

더 미운 건
모두 해결되고 나서
뭐하게 나타나는 그것

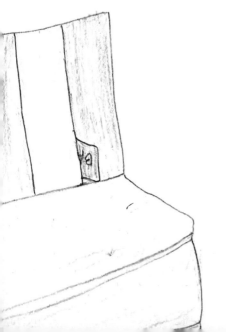

사랑이

고양이
요즘 부쩍 잠을 많이 자서
네가 죽으면 어떡해

손님

얘들아,
햇님 오신다

밴댕이

내 안에
있는 너
어쩌면
좋으니

참 꼬였네

좋은 말도
그대로
듣지 못하고

제 것

하다못해
그릇 하나도
본 뚜껑만 한 게
없지 싶어

결혼으로 맺어진
부부의 연을
이어
여기까지
왔네

벽

너의 이야기를 들어 줄게
너의 상황들을 이해할 거야
그러나 그 감정을 전달받지는 않겠어
네가 도움을 요청할 때 내 능력의 범위 내에서 도울게

믿음

눈을 감아야
생기는 것

슬픔

예전에
사랑이는 껴안은 지 몇초면
버둥거리며 밀치고 나갔는데
지금은 그 파닥거리는 힘이 약해
내 품에 꼭 안겨 있어

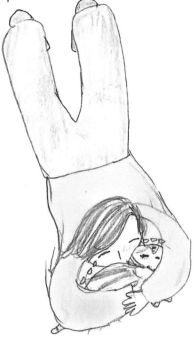

검버섯

아휴
주근깨는
이름이라도
귀여워

쓰잘데 없이

머리에 가려
잘 보이지도
않는데

귀걸이
고르느라
출근 시간이
바빠져

나를 부른 건

바람

너였구나

맞고 싶은 비

꽃비

성장

걷기 때문인지
나이 때문인지
점점 커진다

235mm
240mm
245mm

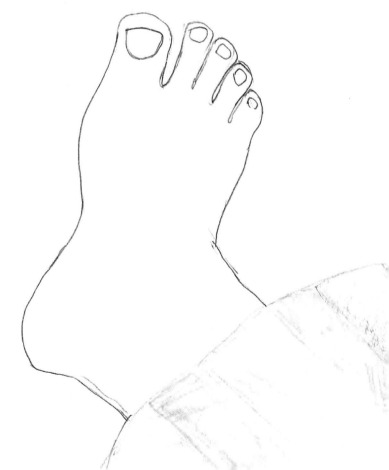

몸무게

두근두근
매일 아침

한의원 대신

샤워할 때

목
어깨
등
허리
뜨거운 물줄기
마사지

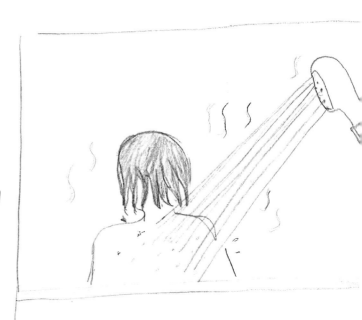

정

사람하고만
드는 걸까

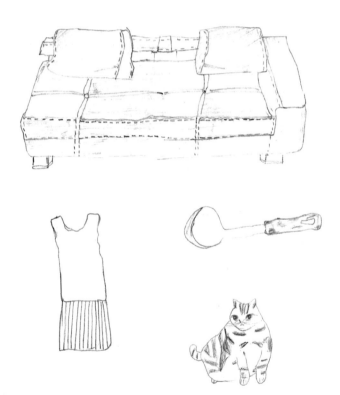

블로퍼

신어 보면
알 수 있어

최소 3분

생각이란걸
하자

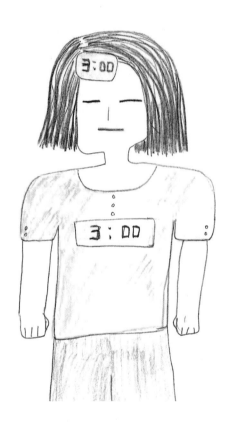

물결

할아버지와 둑방길 걸을 때 "내가 이걸 만들었다" 말하셨지
살랑이는 물결들을
할아버지가 만드신 줄 알았어
한참 동안은

턱

길
어
진
다

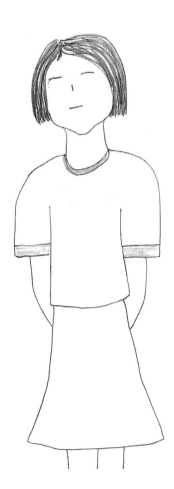

꽃밭에서

유채밭 속에
우리 집 한 채 있었지
어린 시절 작은 집

입

좀 들어가면
안 되겠니

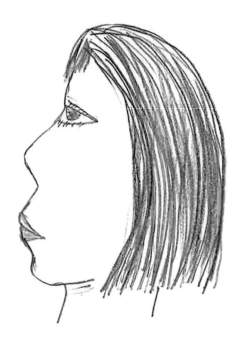

가습기

없으면
얼굴이
바스락
거리네

영양부족

그동안 살은 쪘으나
영양은 부족했다는
생각이 들어

건강보조식품을
꼬박꼬박 챙겨 먹기
시작한다

튀고 싶은 날

어떤 옷 입던
핫핑크 스타킹 신으면
끝

메리 제인 슈즈

초등학교 이후엔
신지 못하는
예쁜 신발

멘탈갑

왕링 귀걸이
차고
출근한 날

대화 도중
떨어져
떼구루루

태연하게
주워 들고
이야기를 계속한 점

줄레줄레

꾸민 듯 안 꾸민 듯
꾸안꾸는
자신감 있는 사람들이
하는 것

나는
적어도
노력했다는 점이라도
보이고 싶을 뿐

쫄지마

네가
쫄면도 아니고

절대
쫄지마

유언장

내 삶은 고생스러웠고
후회 속에서도 즐겁고 행복했다

나의 동지들
남편과 두 아들에게
힘들게 한 점들은 이번 생을
처음 살아본 탓이었다고 생각해 줘

그리고 내가 그대들에게
좋게 해주었던 것들을 기억해 주기를

하나님을 믿으며 바르고 건강하게
살기를 바라

혹시 내 소유가 남아 있다면 현금화하여 두 아들 1/2씩. 끝.

관계

내 인생이라는 버스에
누군가는 내리고
누군가는 타고
누군가는 기다리겠지

다짐

나에게
잘해주자
내 편을
들어주자

청소

수요일, 토요일 쓸기
일요일 닦기

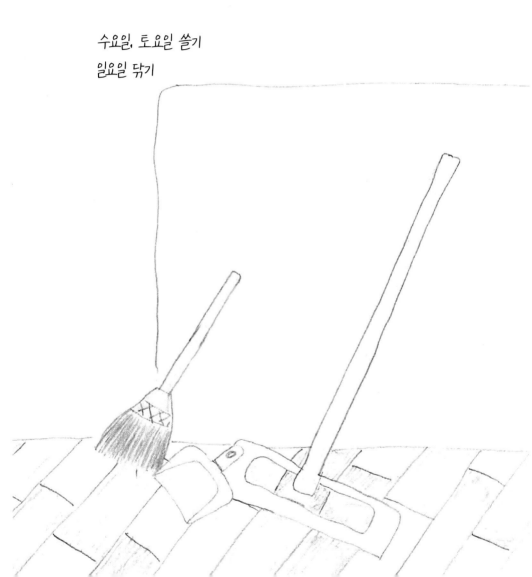

작은 아들

넌 백조가
될 거야

기를 아십니까?

알 것 같습니다
좋은 음식을 먹고
맑은 공기를 마시고
바른 생각을 하고
규칙적으로 운동하고
적절하게 휴식하면
질 좋은 에너지가
생깁니다

그러다 보면
선한 마음으로
활기차게 생활하고
귀인들을 만나면서
난관들을 극복하며
나름 재미 느끼고
살 수 있어요

진지충

벗어나자
이제
껍질을 벗자
나비가
변태하듯이

부족함

소중함의
다른 이름

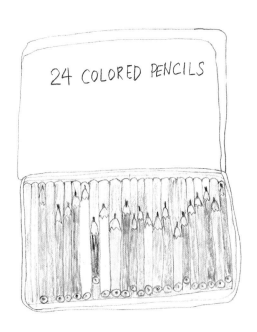

24 COLORED PENCILS

나의 목

참
튼실하구나

양지바른 곳에서
자랐나 보다

시기 질투

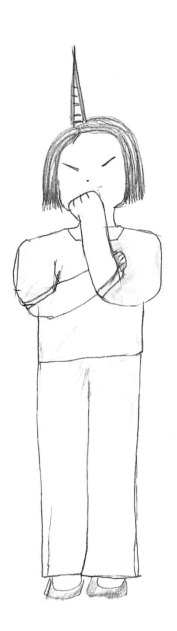

사촌이 논을 사면
배가 아프다던데
나는 친구 아들이
잘 되었다는 소식에
뿔이나
아들을 찌른다

약이 없네
약이 없어
미련함에는 약이 없네

오리온 초코파이

변함없이
맛있어

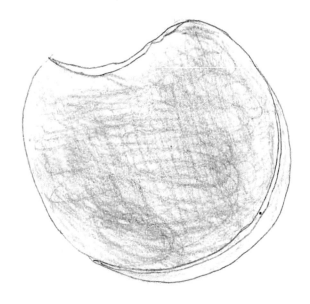

풍류라고나 해두자

이
기분 좋음

활짝 핀
봄꽃나무 아래서
맥주 한 캔에
오징어 땅콩

103

피자

내가 좋아하는
파파존스 페퍼로니

일 년에
한두 번은
꼭 먹어
줘야 해

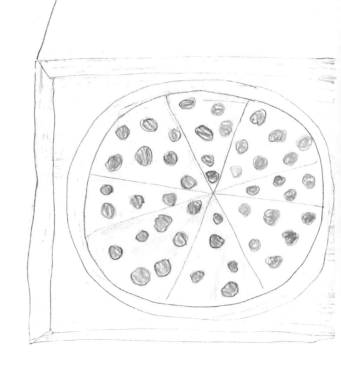

소중한 나의 것

시간
돈
에너지

감사

나같이
약하고
미련하고
못된
사람이
가정을
이루고
두 아들
키우고
세끼
잘 먹고
직장도
다니네
하나님
감사합니다

확률

수학적으로는
이분의 일
삼분의 이
백분의 삼
천분의 칠
몇 억분의 일이 있겠지만
결국엔 둘 중 하나같아

되느냐
안 되느냐

하느냐
마느냐

있느냐
없느냐

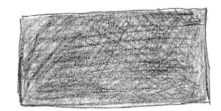

한 끝 차이

자존감
자존심
자신감
자괴감
자만심
자책감
나를 돌고 돌아

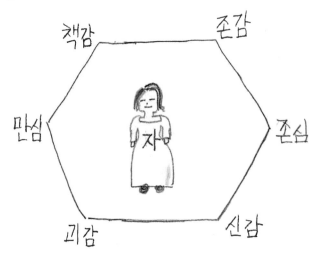

마법 지우개

쉽게 지울 수 있으면
증오
상처
분노
미움

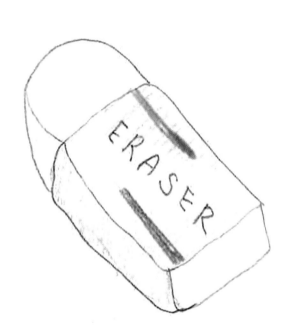

죽 쑤어 개 주지 말 것

이제는
나의 에너지를
모으고 모아서
화를 내는데
휴대폰을 보는데
나쁜 생각을 하는데
누군가를 미워하는데
쓴지 말아야겠다

나이 들어갈수록
얼마 되지 않는
에너지들을 모으려
운동에 좋은 음식에 영양제까지
챙겨 먹고는 힘이 모이면 소중한 그것을
나를 그리고 타인을 파괴하는데
사용하는 바보짓은 그만해야겠다

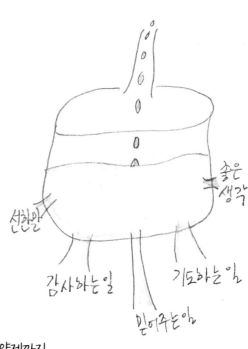

장점

과일
그대들은
자기 색이
분명해

무라카미 하루키

그는 희망도 절망도 없이
매일 조금씩 썼다고
나도 영혼 없이 꾸준하게
매일 조금씩 무엇인가를 그리며
나를 치유하고 정돈하고 배우며
성장하는 듯하다

한 번도 만난 적 없고
레오나르도 디카프리오처럼
만나보고 싶다는 마음은 없지만
나의 스승

순종

틀 안에
당분간
나를
가두는 것

교만

눈만
높으니
우스꽝스러워

첫 월급

217만 원
애썼네
토닥토닥
엄지척
고맙다

넌
잘 해낼 거야

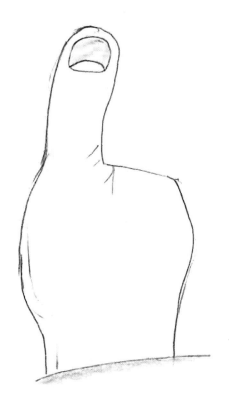

큰소리로 외쳐보래

나는 건강하다
나는 건강하다

나는 예쁘다
나는 예쁘다

나는 할 수 있다
나는 할 수 있다

전쟁

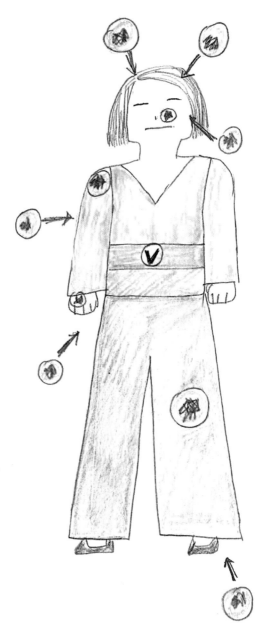

몸속 여러 곳에서
많은 균들이
나와 매일 싸우나 봐

내 의식 속으로도
순식간
나쁜 생각들이 들어와
움켜쥐고 공격하네

질 수 없다
이겨내자
승리의 법칙이 있을 거야

재채기

에취
내 몸을
침공하려는 것들
모두 나가

PS 실제로는 입을 가리고 함

가끔

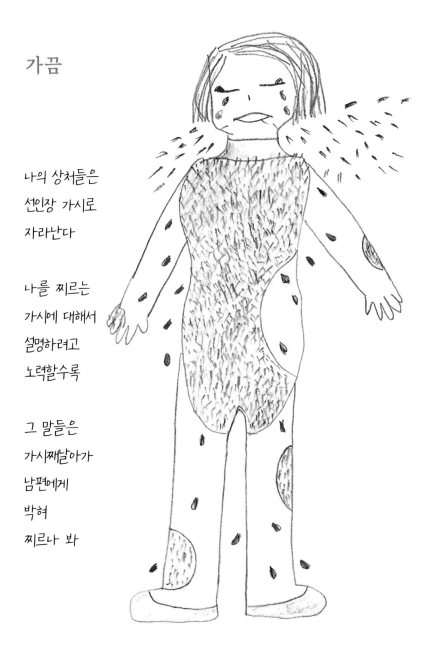

나의 상처들은
선인장 가시로
자라난다

나를 찌르는
가시에 대해서
설명하려고
노력할수록

그 말들은
가시째날아가
남편에게
박혀
찌르나 봐

3일

예수님께서
부활하시는데
걸린 3일

그래
적어도 3일은

버텨 보자
기다려 보자
기도해 보자

무소유

손에 든 물건을
아무 데나 두고
다닌다

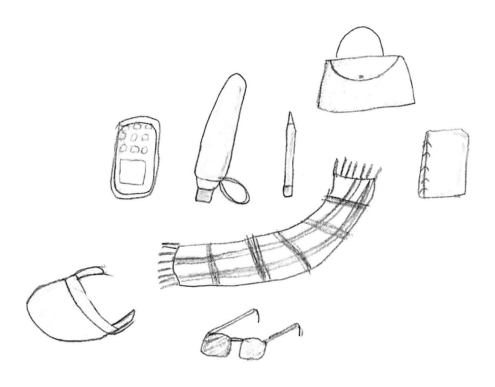

요거트

매일 먹으면
사람이 좋은 방향으로
달라진다고 하니

또 커가 솔깃
요거트는 플라스틱 수저로

식빵

부드러운
흰 식빵이
좋아요

통밀 식빵은
덜 맛있어요

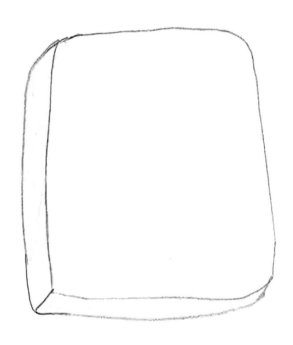

그래

어디론가
끌려가 보자

금방
풀려나겠지

이 고비
넘겨보자

귀

귀야 귀야
내 귀야
예쁜 내 귀야

조금만 더 들어봐
한 번만 더 들어봐

들들흘흘

다른 사람 말에
너무 집중하는 것이
병일 수 있다

영혼 없는 대화
한 귀로 듣고
바로 흘리자

들을 것은 들어보고
흘릴 것은 흘리자

받아들일 것

희 노 애 락
봄 여름 가을 겨울
생 노 병 사

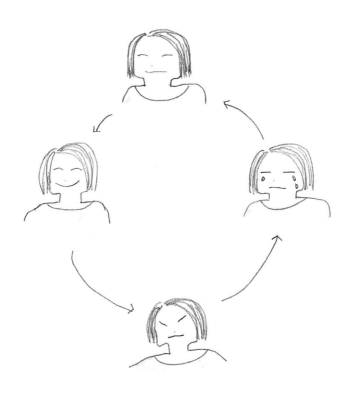

숨어있자

나의 에너지를
충전하기
위해

당분간
숨어있자

상처

지저분하게 보이는 기간 기다릴 것
흉하게 보이는 기간 기다릴 것
딱지가 생기고 굳고
그 아래에서 새살 돋을 때까지

기다릴 것

내겐 필요해

뒤에 서는 연습
앞으로 뛰쳐나가려고 하지 않는 연습

그래, 이렇게

나의 생명
나의 에너지
나의 기운

봄비

오시네

푸쉬킨

한번

만난 적 없어도

당신이 하셨다는 그 말

삶이 그대를 속일지라도

결코 슬퍼하거나 노여워하지 말라

가끔 생각하며

나를 위로합니다

인간이 슬퍼하고

노여워하지 않을 순 없지만

계속 슬퍼하거나

계속 노여워하지 말라 쯤으로 받아들여요

오이

넌
정말
상큼쟁이야

훌 훌

털자
날려버리자
잘해보겠다는
사랑받겠다는
집착적 생각들

잘난 사람
잘난 대로

못난 사람
못난 대로

삶은 달걀

그래
나의 삶
달걀처럼
소중하게

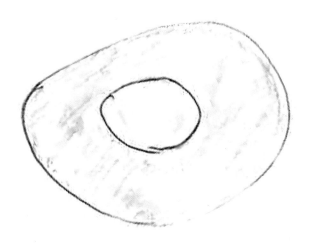

혹시 너도 그래?

업다운 업다운

칭찬

오, 김경하
사랑니
닦았네!

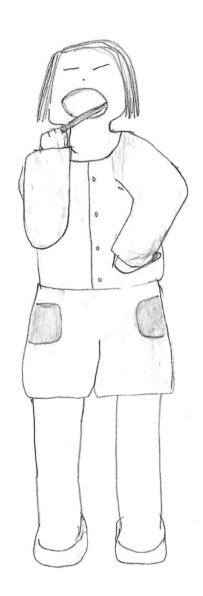

잘했다

잘했다
잘했어
정말 잘했다

내 잘못이 아니야

전에는
내 잘못이 아니라는 생각을 못 했어

그리고 나중에
이렇게 말하는 것이 변명이라고 생각했어

이제는
내 잘못이 아니라고 확신할 수 있고
마음속으로 당당히 외칠 수 있어

희망 사항

나
용서받고 싶다
사랑받고 싶다
인정받고 싶다
관심받고 싶다
이해받고 싶다

너
용서해 주자
사랑해 주자
인정해 주자
관심 가져 주자
이해해 주자

천혜향

향기 때문일까
먹으니
몸이 가뿐해지네

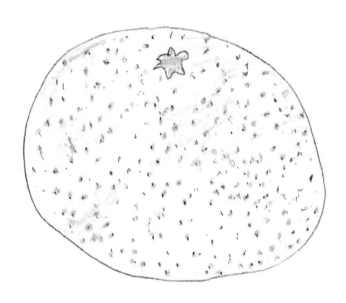

충전

하나님은
계속
부르기만 하여도
나를
회복시켜 주실 거야

마음먹어 봄

설거지 후
그릇을
가지런히
놓아보자

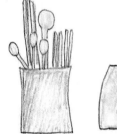
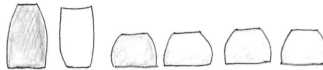

장미처럼

나의
유전자와
환경과
경험들
모든 것들을
양분 삼아
예쁘게
꽃필 거야

현실귀환

무엇을 찾으러
무엇을 꿈꾸며
어디로 다녔는지 알 수 없지만
이제 현실로
돌아와 살짝살짝
그 재미를 느껴보자

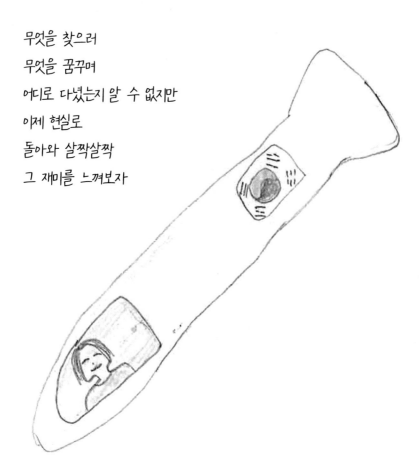

니 편이야

흉볼 때
오도득 오도득
잘근잘근
같이 씹고
패대기 쳐줄게
그리고
공범으로
비밀을 지켜낼게

이제라도 알았네

힘들게 돈 벌어 주는
남편의 묵직한 사랑

살아있어 나랑 말해주는
아들들의 진정한 효도

고맙습니다
고맙습니다

대박

오마야
사회 안에서 관계 안에서
나를 보게 됨

친구도 자식도 부모도 형제도 남편도 관계
그리고 사회

끊으리

잔소리를

바보

난
바보처럼
살았지만

그러니까
살았겠지

151

대추차

대추차를
마시면
좋다

조금 춥다 싶으면

머리를
따뜻하게
해야 해

홀로서기

뒤돌아
혼자 걸어갈 때

나무야

너
언제부터
여기 있었니?

분산

나의 생각으로
내 머리가
무겁고 아플 때
그냥
색칠해 볼까

요즘 쇼핑

색에
집중한다

그래

나는
구멍 많은 인간

그대도
구멍 많은 인간

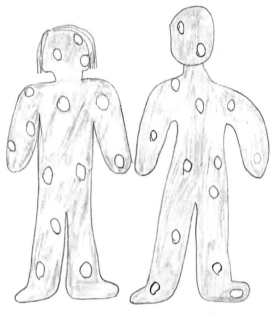

배를 먹으면

좀 사근사근한
사람이 될까

당분간 먹어봐야지

나도, 할 수 있구나

마지막 페이지
낮잠에서 깨어난
어느 날 오후부터
지금까지

나도, 할 수 있구나

책으로 만들어 볼 거야
어디에선가
먼지 수북이 쌓일지라도

나와 그 누구인가를 위하여